Femme Dominante

Collection de domination érotique

Erika Sanders

ERIKA SANDERS

Femme Dominante

Erika Sanders
Série
Collection de domination érotique

Synopsis

Dans un mariage normal et ennuyeux, le mari a un fantasme sur ce que ce serait pour sa femme d'être dominant au lit.

Un jour, il profite d'une question d'elle pour essayer de réaliser son fantasme et faire prendre à sa femme le contrôle du sexe.

Ou était-ce une erreur avec des conséquences que vous ne pouviez pas prévoir...?

Ou était-ce une bonne décision ...?

Femme Dominante est un roman à fort contenu érotique BDSM et, à son tour, un nouveau roman appartenant à la collection Erotic Domination, une série de romans à forte teneur en BDSM romantique et érotique.

(Tous les personnages ont 18 ans ou plus)

Remarque sur l'auteure

Erika Sanders est une écrivaine de renommée internationale, traduite dans plus de vingt langues, qui signe ses écrits les plus érotiques, loin de sa prose habituelle, de son nom de jeune fille.

Indice:

FEMME DOMINANTE
ERIKA SANDERS

CHAPITRE 1

Tout avait commencé innocemment.

J'avais toujours fantasmé sur ma femme prenant plus de contrôle au lit, et quand elle a demandé si elle pouvait m'attacher, j'ai sauté sur l'occasion.

Il a sorti certaines de mes vieilles cravates du placard et m'a attachée les jambes ouvertes au lit.

Puis au lieu de me chevaucher, il m'a bandé les yeux.

C'était bien, pas ce à quoi je m'attendais, mais c'était une délicate attention.

Enfin mon souhait fut exaucé, mais il me sembla que j'avais oublié quelque chose.

Quelque chose d'assez important.

Comme je l'ai dit, j'avais toujours fantasmé sur la prise de contrôle de ma femme.

Je n'avais jamais imaginé qu'elle serait si douée pour ça.

Elle me taquinait sans relâche, me suçant durement puis glissant son sexe juteux sur ma poitrine et de nouveau dans ma bouche pour que je le mange, pinçant tout le temps mes tétons ou claquant ma bite contre mon ventre.

«S'il vous plaît Maîtresse, j'ai besoin de venir. J'en ai vraiment besoin maintenant.

Il n'était pas sûr du moment où il avait commencé à l'appeler Maîtresse pendant les matchs du soir, mais cela semblait beaucoup plus facile maintenant que cela avait commencé.

"Mmmmm ... est-ce que l'esclave est excité? Veut-il être baisé?"

Je n'ai même pas eu le temps de m'interroger sur son changement de ton ou sur comment elle m'appelait, car il y avait une intrusion qu'il n'aurait pas dû y avoir.

Elle enfonçait un doigt lubrifié dans mon cul serré, quelque chose que personne n'avait fait auparavant.

"Non-euh-huh," grognai-je, essayant de l'arrêter, mais il était trop tard.

Il a poussé son doigt de sonde à fond, puis a commencé à le pousser dans et hors de mon cul.

Plus je le faisais, plus je réalisais que ce n'était pas aussi grave que je le pensais.

Je me sentais rassasié mais à chaque fois que je le retirais, j'avais l'impression que je devais aller aux toilettes.

Mais une fois que je m'en suis remis, je me sentais plutôt bien.

Bon sang, de qui plaisantait-il, ça faisait vraiment du bien.

«L'esclave aime ça, non? Demanda ma femme.

C'était difficile à admettre, mais j'ai hoché la tête.

"Oui..."

Elle retira ses doigts.

J'ai prié pour qu'il recommence et se masturbe en même temps.

Mais au lieu de cela, je l'ai entendue presser un peu plus de lubrifiant et lubrifier à nouveau l'entrée de mon cul.

"Est-ce que l'esclave veut deux doigts dans le cul?" elle a demandé.

Je n'ai jamais entendu ma femme parler sale avant.

Sauf les rares fois où elle était proche de l'orgasme et elle m'a dit de baiser sa chatte.

Même alors, il doutait, comme s'il avait peur de dire un mot aussi malicieux.

Cette nouvelle attitude était totalement inattendue.

Après des années à dominer, c'était un énorme changement d'être soudainement la personne dont les limites étaient repoussées.

C'était érotique, oui, mais c'était aussi un peu effrayant.

"Oui," répondis-je.

"L'esclave doit dire" Oui, faites-le, Maîtresse "".

Pourquoi a-t-il continué à m'appeler l'esclave?

Ce doit être une sorte de jeu de rôle.

C'était un peu effrayant et inconfortable, mais pas assez pour soulager mon besoin de me libérer.

"Oui, l'esclave le veut, Maîtresse," dis-je.

Elle a poussé ses doigts à l'intérieur de moi.

Avant, je me sentais rassasié et c'était un peu étrange, mais cette fois, c'était comme si j'étais étiré. . . élargi.

Et quand il a commencé à me baiser, je pouvais entendre les sons humides de ses doigts lubrifiés entrer en moi.

Cela m'a fait me sentir un peu sale.

Je savais qu'en quelque sorte j'abandonnais plus que ma virginité anale, parce que le sentiment de contrôle que j'avais était totalement le sien.

J'ai fait de mon mieux pour empêcher mon corps de réagir.

J'ai essayé d'arrêter les grognements et les gémissements qui voulaient sortir de ma bouche, j'ai essayé d'arrêter la poussée de mes hanches et la propagation de mes jambes, mais tout cela était inutile.

"Quelle salope. L'esclave adore ça, n'est-ce pas? L'esclave adore se faire enculer. Il adore être" utilisé "."

"Oui," admis-je, incapable de m'empêcher de lutter contre la situation, acceptant le rôle qu'il m'a donné et m'ouvrant à ses doigts.

Avant longtemps, il la poussait contre elle.

"L'esclave adore ça. L'esclave veut venir", lui ai-je supplié.

Ma femme a gardé ses doigts immobiles et j'ai continué à bouger contre elle du mieux que je pouvais malgré mes contraintes.

Je savais ce que je faisais.

Il admettait qu'il l'aimait.

Qu'elle ne me forçait pas.

Et je m'en fichais.

"L'esclave adore ça. Ma salope adore ça dans son cul sale, non?"

"Oui, l'esclave le veut."

Elle a touché ma bite.

"L'esclave a du mal. C'est une pute pour avoir voulu ça. Je parie qu'il veut venir maintenant."

"Mmmm" gémis-je. "L'esclave veut vraiment venir maintenant."

"Mais qu'est-ce que l'esclave ferait quelque chose pour jouir, hmmmm?" elle a demandé.

"QUOI QUE CE SOIT!" J'ai gémi.

"Quoi que ce soit?" elle a demandé. «L'esclave est-il en sécurité?

"Oui," il était presque essoufflé. "L'esclave est très sûr."

«Est-ce que tu laisserais l'amant de ta maîtresse te baiser? Nous laisserais-tu le faire ici avec l'esclave dans la pièce?

CHAPITRE 2

WOW, c'était assez déroutant.

J'étais l'amant de ma femme, non?

Et la maison était vide, non?

Un jeu... ça devait être ça.

"Oui madame," répondis-je.

Elle sortit du lit, sortit de la chambre et me laissa toujours envie.

J'ai entendu le bruit sourd de parler à quelqu'un.

Il ne pouvait y avoir personne d'autre.

Il était sûr que la maison était vide.

Mais s'il était vide, à qui parlait-il?

J'aurais aimé ne pas avoir les yeux bandés.

La pièce devint soudain très froide et le jeu ne ressemblait plus autant à un jeu.

Mon impuissance et la situation dans laquelle je me trouvais ont finalement touché mon âme.

La porte s'ouvrit et je fis de mon mieux pour fermer mes jambes afin de protéger toute modestie restante.

«Le voici», dit ma femme. "Comme je te l'ai dit. La salope qui aime se faire enculer."

J'ai réalisé ce que j'avais oublié plus tôt: un mot sûr.

Je n'en avais pas.

Ma femme avait mentionné avoir baisé son amant, mais d'après ce qu'elle disait, je pourrais être celui qui se fait baiser.

J'ai cassé.

Même si c'était un jeu, c'était devenu trop intense.

J'ai tiré sur mes attaches.

"Chérie," l'implorai-je.

C'était difficile pour moi de respirer.

J'ai commencé à verser des larmes absorbées par la cravate qui couvrait mes yeux.

"Shhhh," dit-il en me caressant, me rassurant. «Le renard a-t-il peur?

"Oui," admis-je.

Il pouvait respirer un peu plus facilement maintenant, mais il tremblait toujours.

Heureusement, ma femme a enlevé le bandeau.

J'ai regardé dans la pièce.

Il n'y avait personne d'autre là-bas.

"Mieux?" elle a demandé.

"Oui," soupirai-je de soulagement.

"Bien," dit-elle en montant sur le lit et en chevauchant mon visage.

Mais son sexe était hors de ma portée.

Elle écarta les lèvres mouillées de son sexe et glissa un doigt à l'intérieur, se baisant, jouant avec moi, me taquinant, se demandant à quel point je le voulais.

Puis il a gardé son sexe ouvert en l'abaissant à ma bouche en attendant.

Cependant, quand j'ai essayé de l'embrasser et de lui donner du plaisir, elle s'est éloignée en riant.

"Ecoute," dit-il à personne en particulier. "Je vous ai dit que j'étais une pute. Mon propre petit esclave faible."

Il a poussé un doigt mouillé dans ma bouche.

J'étais trempé dans sa saveur.

Je l'ai sucé, le laissant propre pendant que je le poussais dans et hors de mes lèvres.

"Oui, c'est mon 'esclave faible', non?" m'a-t-elle demandé, comme si elle parlait à un bébé.

«Je suis, je veux dire que je suis votre esclave, Maîtresse,» répondis-je.

"L'esclave réchauffe sa maîtresse et lui fait vouloir la grosse bite de son amant."

Ma femme est venue.

Je m'attendais à sentir sa main s'enrouler autour de ma bite et me branler pendant que je lui faisais plaisir, mais à la place, quand sa main revint, elle contenait quelque chose que je ne savais pas que j'avais: un gode!

Et pas n'importe quel gode non plus.

Il était grand.

Beaucoup plus gros que ma bite et c'était noir.

Il l'embrassa, puis le frotta entre ses seins et le glissa enfin d'avant en arrière entre les lèvres de son sexe.

"Dieu, j'ai hâte de sentir ta grosse bite dans ma chatte," dit-il, puis il mit le gode à mes lèvres. "Suce la bite de mon putain d'amant. Rends-la difficile pour ta maîtresse."

J'ai regardé dans les yeux de ma femme, m'attendant presque à voir un sourire.

Un sourire qui m'aurait tué, mais n'était pas là.

Au lieu de cela, ses yeux se plissèrent de plaisir.

J'ai écarté mes lèvres et l'ai sucé, savourant le latex et le musc de son sexe.

Il l'a pompé dans et hors de ma bouche pendant quelques minutes et sur mes lèvres pendant qu'il l'embrassait.

"Ma maîtresse est aussi la putain de bite de l'esclave, non?"

Je ne pouvais pas répondre, mais le gode dans ma bouche en disait long.

"Il est prêt maintenant, ne sois pas gourmande petite salope." dit-elle en le sortant de ma bouche. "Je vais le libérer maintenant. Est-ce qu'il va être un bon esclave de sa Maîtresse?"

"Oui Maîtresse," répondis-je en déliant mes liens.

"Souviens-toi juste de CELA", dit-il en montrant ma bite, "Cela m'appartient."

Quand j'étais libre, elle m'a déplacé au milieu du lit, toujours sur le dos.

Une fois sur place, elle monta sur mon visage puis tendit la main derrière elle et poussa le gode vers son sexe.

"Oh mon Dieu," haleta-t-elle en le poussant à l'intérieur. "Quelle bite. Umm-mmm-tellement gros."

J'étais momentanément jaloux.

Oui, jaloux d'un objet inanimé.

De ma position, je pouvais voir qu'il l'étirait et la remplissait d'une manière que je ne pourrais jamais.

J'ai essayé de ne pas laisser cela me déranger alors que je fustigeais son clitoris avec ma langue avec un enthousiasme renouvelé.

"Regarde," dit-il en parlant à son amant imaginaire. "Ecoute, je t'ai dit que la petite salope voulait te regarder me baiser. Oh, mon amour, ta bite est si grosse et c'est si bon. Tu vas me faire jouir, tu vas me faire jouir sur son visage."

Elle cria de plaisir et son corps se tendit.

Elle pressa son sexe contre ma bouche avec une force écrasante, alors qu'elle me frappait.

"Putain, baise, baise, baise."

Elle a sorti le gode de son sexe, et a couvert ma bouche avec l'ouverture de son sexe.

«Goûte mon lait, bois-le», ordonna-t-il.

Tout en buvant bien d'elle, elle a pompé ma bite.

Quand j'ai secoué mes hanches en réponse, j'ai senti le gode se presser contre mes fesses.

"Écarte les jambes, salope. Donnez-vous à mon amant," demanda ma femme.

Il n'était pas prêt pour ça et il allait trop loin.

«Faites-en une pute», dit-il.

Sa voix n'admettait pas la désobéissance.

J'écarte les jambes.

Non seulement il m'a traité de pute, mais je me sentais aussi comme telle.

Il a poussé le gode contre mon cul, essayant de le forcer.

Cela ne marcherait pas.

J'ai essayé de me détendre.

J'ai essayé de le supporter, mais c'était trop gros et ça faisait trop mal.

Je criais à chaque fois qu'elle poussait.

"C'est trop gros pour l'esclave, n'est-ce pas?" elle a demandé avec sympathie. "C'est une bite trop grosse pour son petit cul sale."

J'acquiesçai, soulagé.

Mon cul brûlait toujours.

"Dis-le!" demanda.

Quand j'ai voulu que ma femme prenne le contrôle, je n'y avais pas pensé.

Il était censé m'attacher et ensuite faire ce que je voulais qu'il fasse.

Au lieu de cela, elle me faisait faire ce «qu'elle» voulait faire et dire ce «qu'elle» voulait que je dise.

«Il est, il est trop grand», mon Dieu, c'était difficile à dire.

Cela m'avait presque plus foutu de l'admettre qu'autre chose, mais je savais que je ne pouvais pas le supporter.

"C'est trop gros pour mes fesses sales."

Heureusement, il posa le gode et pressa ses doigts contre mon trou plissé.

Ils ont glissé facilement.

Je gémis en réponse.

"Mais mon esclave aime les doigts de sa Maîtresse, n'est-ce pas? Il doit écarter les jambes plus largement et les sortir du chemin de sa Maîtresse."

"Oui, l'esclave aime beaucoup mieux ainsi."

J'ai fait ce qu'elle a dit, plaçant mes mains derrière mes genoux et tirant mes jambes contre fma poitrine.

«Plus», dit-elle. "Laisse-le moi."

Je me suis levé un peu plus.

Mes fesses ont quitté le lit.

Je pouvais facilement voir comment elle pompait ma bite d'une main et me caressait le cul de l'autre.

"Oh ouais, c'est ça. Laisse-moi faire." Elle m'a regardé comme si elle m'appartenait. "Tout est à moi, non?"

"Umm ouais," grognai-je.

"Est-ce que l'esclave se sent comme une pute?" elle a demandé. "Est-ce qu'il se sent comme" ma "pute?"

Je me sentais comme une pute.

Aucun homme digne de ce nom ne serait dans la situation où il se trouvait.

Pire encore, j'ai adoré.

"Oui," grognai-je en réponse.

Était-ce mon imagination ou était-ce ma voix la plus élevée?

"Oui, mon esclave ressemble à une pute et sonne même comme une pute. Comment pourrait-il ne pas se sentir comme une pute?" dit-elle, et je gémis en réponse. "Tu le veux, non, salope. Et il va me donner tout son sperme, non? Oh ouais, il veut tellement jouir, mais que ferait mon esclave pour jouir?" Dit-il, libérant ma bite et faisant rouler mes couilles enflées dans sa main, tout en continuant à sonder mon anus.

"N'importe quoi," répondis-je et je le pensais.

Mes couilles semblaient exploser.

«Mon esclave boirait-il le sperme de l'amant de sa maîtresse? Nettoyerait-il sa bite sale?

"Oui! S'il vous plaît, n'importe quoi, s'il vous plaît, laissez-moi venir"

"Alors gémis à ce sujet, salope."

"Ugh, oh ouais!" Ai-je supplié en réponse.

Elle a tenu ma bite par la base et a joué contre le fond, me taquinant.

"Les salopes ne se plaignent pas comme ça. Et elle a dit qu'elle était ma salope, non?"

"Oui. Oui ... je ... Elle est ... ta pute," répondis-je et j'ai été récompensée par un petit baiser sur la tête de ma bite.

Je me suis armé à l'intérieur.

Puis-je vraiment faire ça?

Que penserait ma femme de moi quand je le ferais?

Comment serait notre relation plus tard?

Je n'ai pas pu l'éviter.

"Mmmmmm" gémis-je doucement.

Ce n'était pas un gémissement très masculin.

C'était loin de là.

C'était le gémissement d'une femme.

Le genre que j'avais entendu, pas de ma femme, mais en regardant des cassettes sexuelles.

Elle m'a récompensé en suçant la tête de ma bite dans sa bouche puis en la retirant à nouveau.

"C'est mieux, mais Elle peut faire mieux que ça, non?"

Je pouvais sentir le sperme bouillir à l'intérieur de moi.

"Mmmmm- uuhhhhh" grognai-je plus fort.

Elle a enlevé sa bouche de ma bite avec un bang.

"Oui, c'est ça. C'est le genre de son qu'une chienne fait. C'est le genre de son que ta Maîtresse veut entendre, mais ta Maîtresse en veut plus avant de laisser venir son esclave. Elle veut tout le paquet."

Le paquet entier?

Que voulait-elle?

C'était très difficile à penser.

Mon corps était en feu.

J'avais désespérément envie de venir.

J'ai pensé à certaines des cassettes pornographiques que je regardais.

Quelle fille était la meilleure?

Qu'est-ce que je pensais être la plus grosse salope?

Ce qu'elle a fait?

Je me suis souvenu de la cassette et je me suis souvenu de la fille, une blonde maigre.

On aurait dit qu'ils la tuaient en se faisant baiser, mais elle a fait de son mieux.

Elle écarta les jambes et les tira en arrière à chaque poussée.

Elle se mordit la lèvre, jouait avec ses tétons, suçait son doigt.

Elle a parlé sale.

Elle était une couineuse.

Mais cher Seigneur, pourrais-je faire cela?

Étais-je même sûr que c'était ce que ma maîtresse, je veux dire, ma femme voulait?

J'ai prié pour que ce soit le cas.

"Mmmmmm, baise-moi. Donne-le moi fort."

J'ai écarté mes jambes, me donnant à elle, et mordu ma lèvre inférieure.

Il espérait que c'était ce qu'elle voulait.

Si ce n'était pas le cas, je me serais encore plus ridiculisé.

Je l'ai senti ajouter un autre doigt aux deux avec lesquels il me collait déjà le cul et il a sucé ma bite avec sa bouche.

C'était «ce qu'elle voulait».

Et j'ai découvert que je pouvais lui donner.

C'était facile une fois que j'ai commencé.

J'ai pincé mes tétons.

Je me suis mordu la lèvre.

Je me suis poussé sur ses doigts.

J'ai parlé sale.

Oh mon Dieu, je déteste l'admettre, mais j'ai même crié.

Elle a pompé son visage de haut en bas sur ma bite par petits coups qui ont suivi le rythme des doigts qui pompaient mon cul.

Monter et descendre, entrer et sortir, avec moi pleurant à chaque poussée.

"Ugh-Ugh-Ugh. Oh mon Dieu, mmmmmmmmmmm, je vais venir!" J'ai crié.

Mes couilles se sont contractées, pompant du sperme chaud, et mes cris ont été noyés par son sexe, alors qu'il se penchait à nouveau sur moi.

J'avais l'impression que mon âme s'échappait dans de puissantes explosions de ma bite alors que tout était aspiré dans la belle cavité de sa bouche.

CHAPITRE 3

Quand j'ai fini, j'étais faible, étourdi et étendu sur le lit comme un drap froissé.

Elle grimpa sur mon corps et me chevaucha, s'agenouillant et piégeant mes bras sous ses genoux.

Elle sourit, ses yeux brillants de puissance et de désir.

Mon sperme brillait entre ses lèvres contre le rouge peint de son rouge à lèvres.

Il souleva le gode et le plaça sous sa bouche.

Son sourire est devenu méchant alors que ses lèvres se pincèrent et que mon sperme s'échappa de sa bouche en une longue mèche, atterrissant sur sa bite noire et coulant sur sa longueur.

"Suce-le esclave. Laisse mon amant jouir dans ta bouche."

Je n'ai pas voulu le faire.

J'aurais probablement été anxieux il y a quelques instants, même quand j'ai dit que je le ferais.

Mais maintenant, ce n'était plus le cas.

J'étais satisfait et le jeu devrait être terminé.

Je ne voulais plus jouer.

« L'esclave a promis, n'est-ce pas ?

Mon sperme s'éloignait déjà de la tête du coq, formant une longue mèche vers mes lèvres.

Il allait me frapper de toute façon, non ?

Alors, comment aurais-je l'air avec mon sperme sur mon visage ?

J'ai ouvert la bouche.

La chaîne de sperme entrée.

"Oui ..." siffla ma femme, les yeux flamboyants. "Oui, c'est ça. Laisse mon amant entrer dans ta bouche ... mais ne l'avale pas, pas encore."

Ma femme a poussé sa bite entre mes lèvres.

Je pouvais goûter le goût amer de mon sperme contre le goût du latex sur ma bite.

Ce n'était pas la première fois que je l'essayais.

Mais avoir une bouchée de sperme coincée entre mes dents et recouvrir le gode en caoutchouc était loin de goûter accidentellement mes restes des lèvres de ma femme après avoir reçu une fellation.

La main de ma femme est allée à son entrejambe, les doigts se sont retournés sur son clitoris.

"Mon Dieu, tu es si sexy, ma petite esclave wimp!" gémit-elle. «Tellement sale. Petite salope.

Elle a pompé le gode dans et hors de ma bouche.

"Tu vas me faire revenir," haleta-t-il, sortant le gode de ma bouche et le jetant de côté. "Ouvre ta bouche. Ouvre-la en avalant du sperme et laisse-moi le voir, laisse-moi voir le sperme de mon amant."

J'ai ouvert la bouche et mis le sperme sur ma langue.

Ma femme se raidit, son bassin gonflé lorsqu'elle eut un orgasme.

Elle m'a attrapé avec ses bras et ses jambes, me serrant étroitement dans ses bras.

Elle m'a embrassé avidement et nous avons fait passer mon sperme d'avant en arrière, en échangeant.

Elle s'est effondrée sur moi et n'a pas bougé.

Moi non plus.

Nos deux corps s'emmêlaient comme une sorte de puzzle en sueur.

J'étais épuisé et ça faisait mal.

Mais c'était une bonne douleur.

Je me demandais ce qui s'était passé et comment cela affecterait notre relation.

Cela avait été incroyable.

Je ne suis jamais venu comme ça de ma vie.

Je me suis demandé s'il avait été un vrai amoureux.

L'auriez-vous déjà apprécié?

Je me demandais si elle voulait recommencer.

Je me suis posé des questions sur beaucoup de choses.

Ma femme a sorti sa tête de ma poitrine.

"Wow," dit-elle.

C'était le euphémisme de l'année, mais je me sentais tellement plus sûr de moi à l'époque.

"Wow tu as raison." J'ai répondu.

Elle sourit, pas un mauvais sourire comme avant, mais un peu espiègle et si ce n'était pas mon imagination, peut-être un peu timide aussi.

«Pensez-vous que la prochaine fois que nous pourrons voir si mon amant a un ami qu'il peut amener, peut-être quelqu'un qui est un peu plus petit pour vous?

C'était incroyable de voir à quel point il pouvait dire calmement ces choses qui pouvaient signifier un certain nombre de choses.

Mais quoi qu'elle veuille dire, elle connaissait la réponse qu'elle voulait donner:

"Ce serait bien," répondis-je.

"Mmmmm ..." elle m'embrassa à nouveau. "Vous êtes très sale."

UN VOISIN TRÈS RECONNAISSANT
ERIKA SANDERS

31

CHAPITRE 1

Anytha vérifiait sa boîte aux lettres, à exactement 6 h 40, comme tous les jours, même le samedi.

C'était une créature d'habitude, juste comme ça.

Ça et le bus de 5h15 de retour du travail.

Lorsqu'il ferma sa boîte aux lettres et se retourna, un beau jeune homme se roulait dans un fauteuil roulant.

Anytha lui sourit poliment et se dirigea vers les ascenseurs.

Il avait à peine fait quelques pas dans cette direction qu'il se rendit compte que le jeune homme regardait vers la rangée supérieure des boîtes aux lettres.

Se retournant, elle lâcha:

"Tu as besoin d'aide?"

"En fait, ce serait génial," répondit-il tristement. «La semaine dernière, le portier ramassait mon courrier. Maintenant, cette semaine, il est quelqu'un d'autre et ne m'aidera pas avec ça. Il dit qu'il est illégal de traiter le courrier de quelqu'un d'autre.

«C'est une tempête», lui assura Anytha en prenant sa clé et en la mettant dans la boîte aux lettres appropriée. "Le gars ordinaire sera de retour la semaine prochaine. Il promet juste que tu n'appelleras pas le FBI pour me dénoncer, d'accord?" Dit-il en souriant.

Elle lui tendit une pile d'enveloppes.

"Que Dieu bénisse la mairie." Il a continué avec une pointe d'amertume. "Cela permet aux architectes de concevoir des appartements accessibles, mais pas des boîtes aux lettres."

"Désolé," dit Anytha, ne sachant pas ce qu'elle pouvait offrir d'autre.

Soudain, elle se cogna le front et elle recula de surprise.

"Qu'est-ce qui ne va pas avec moi? Me voici en présence d'une femme belle, gentille et compréhensive et tout ce que je peux faire est de me plaindre. Comme si c'était de votre faute, d'une manière ou d'une autre. Permettez-moi de recommencer. Merci, et je le pense sincèrement. Mon Son nom est Brian. Vous l'avez probablement découvert grâce à mon e-mail, hein ? "

"Je suis Anytha," dit-elle en fermant sa boîte aux lettres. "Vous êtes nouveau ici, n'est-ce pas ?"

"J'ai déménagé la semaine dernière. Que puis-je faire pour vous remercier ?"

"Quoi, ça ? Ce n'est rien. Et je suis ici à 6h40 tous les jours, tu sais, jusqu'à ce que le portier régulier soit de retour. Je serai heureux de t'aider."

"Pas 6h45 ?" demanda-t-il en haussant un sourcil.

Elle rit alors qu'ils se dirigeaient tous les deux vers l'ascenseur.

"Non, sauf si le bus est en retard. Quand tu n'as pas beaucoup de vie, c'est plus facile d'être à l'heure."

"Une belle femme comme toi, sans vie ?" dit-il avec une incrédulité emphatique.

Elle rougit.

"Tu es juste gentil."

"Au moins, laisse-moi t'offrir une bière." Il roula jusqu'à l'ascenseur.

«Je n'aime vraiment pas la bière», déclina-t-elle timidement.

"Et alors ? Vous vous rendez difficile d'être un gentleman ici. Margaritas, mojitos, brandy, champagne ?"

"Je garde juste le vin."

Il bondit en avant.

"Rouge ou blanc, sucré ou sec, domestique ou importé ?"

"Brian, vraiment, tu n'as pas à ..."

Lorsque les portes ont commencé à s'ouvrir sur son sol, il s'est roulé devant elles.

«Je ne te laisserai pas partir tant que tu n'auras pas répondu.

Elle roula des yeux.

"Très bien, vous gagnez. Blanc, sec et bon marché."

"Mon genre de fille," dit-il avec un clin d'œil, reculant pour qu'elle puisse sortir de l'ascenseur.

Elle secoua la tête d'exaspération, mais sourit jusqu'à la porte de son appartement.

CHAPITRE 2

Le lendemain, il l'attendait quand elle entra dans le couloir, luttant avec son parapluie.

Elle sourit agréablement surprise et prit sa clé pour rechercher ses e-mails, puis ouvrit sa propre boîte aux lettres.

Il attendit patiemment qu'elle se retourne et se dirigea vers l'ascenseur, roulant à côté d'elle.

"Je te kidnappe et je te fais accepter le verre de vin d'hier. J'ai trois saveurs différentes à choisir."

"Les saveurs?" dit-elle avec un froncement de sourcils. "Nous ne parlons pas de vins aromatisés aux fruits, n'est-ce pas?"

"Je plaisante," s'excusa-t-il.

"Eh bien, ça va. Je suppose que dans ce cas, tu peux me kidnapper. Mais seulement pour un."

Un sourire se dessina au coin de ses lèvres alors qu'il roulait vers l'ascenseur.

Lorsqu'il la conduisit à son appartement quelques minutes plus tard, elle fut dûment impressionnée par le décor sobre mais élégant.

Il a rejeté son offre d'aide et lui a ordonné de « se mettre à l'aise » sur le grand canapé en entrant dans la cuisine et a commencé à se consacrer au service du vin.

Anytha plissa les yeux vers lui alors qu'elle traversait le comptoir bas.

Hier, elle n'avait pas remarqué grand-chose au-delà de sa nature généralement attirante, avec des yeux souriants, des cheveux blonds ondulés plutôt courts et une forte mâchoire carrée.

Maintenant, sans veste volumineuse, il se rendit compte que ses épaules et sa poitrine étaient très larges, ses bras très musclés.

Quand il la regarda, elle détourna rapidement les yeux, rougissante.

"Wow," dit-elle. "Vous avez une bien meilleure vue que la mienne. C'est incroyable ce qu'ils peuvent faire quelques mètres plus haut."

"La nuit, l'éclairage de la ville est assez beau. Peut-être que si je vous verse plusieurs verres de vin, je pourrai vous convaincre de rester jusque-là."

Anytha le regarda, mais elle souriait d'un air moqueur.

«Je n'ai dit qu'un seul verre», lui rappela-t-il.

Il haussa les épaules.

"Quand un garçon kidnappe une belle femme, on ne peut pas lui reprocher de vouloir prolonger le plaisir. Chardonnay, Sauvignon Blanc ou Bacardi?"

«Chardonnay,» répondit-elle, puis elle descendit regarder ses mains sur ses genoux. "Tu ne devrais pas continuer à dire ça."

Il fronça les sourcils.

"Dire que?"

"Je ne suis pas belle."

Il arrêta ce qu'il faisait et roula vers elle sur le comptoir de la cuisine.

"Celui qui vous a convaincu de cela mérite d'être mis au défi et je suis du genre à le faire. Donnez-moi un nom!"

Quand elle réalisa qu'il n'allait pas bouger sans réponse, elle murmura:

"Une mauvaise relation. C'est fini. C'est parti."

Il la regarda un moment, puis céda et retourna dans la cuisine.

«Alors c'est pour ça que tu n'as pas de vie? Par un idiot qui n'avait aucune idée à quel point il était bon?

Elle leva le menton et sourit, mais il remarqua qu'elle se tordait toujours les mains.

«Je suppose que cela m'a rendu plus sélective», a-t-elle déclaré.

Un instant plus tard, il revint avec une bière sur ses genoux et un grand verre de vin à la main.

D'une manière ou d'une autre, il réussit à faire rouler sa chaise d'une main.

Il parvint même à s'incliner légèrement en lui offrant le vin.

« Votre boisson, ma dame.

"Merci, gentil monsieur," répondit-elle en riant doucement.

Il prit sa bière et ouvrit le couvercle, la jetant avec précaution dans une poubelle éloignée, puis lui tendit la bouteille.

"Pour les merveilleux voisins."

Elle fit tinter son verre contre sa bouteille.

"Ching, Ching", elle a accepté.

CHAPITRE 3

Pendant un certain temps, ils ont parlé paresseusement du travail et de la famille, des collègues locataires, des inconvénients des transports en commun et d'autres problèmes liés à leur zone de confort.

Quand Anytha s'excusa pour utiliser sa salle de bain, il remplit subrepticement son verre de vin de la bouteille qu'il avait stockée dans une poche latérale de sa chaise.

Quand elle est revenue et a regardé avec méfiance le verre, il a suivi avec une technique de distraction plus efficace.

«Vous ne m'avez pas demandé comment je me suis retrouvé sur cette chaise», dit-il.

"Oh," répondit-elle en prenant une gorgée substantielle de vin. "Ce ne sont vraiment pas mes affaires."

Brian se tapota le dos.

Cette tactique fonctionne tout le temps.

"Et ce n'est pas mon affaire ton ex. Je te propose une chose, je te raconterai mon histoire si tu me racontes la tienne."

"Réelement non ..."

"J'étais stupide. J'ai trop bu. Je suis monté sur une moto. J'ai heurté un morceau de gravier, puis j'ai heurté un fossé, puis j'ai heurté un arbre. Du moins c'est ce qu'on m'a dit. Je ne me souviens de rien à ce sujet. Mais maintenant, rien ne fonctionne à partir de taille vers le bas. "

"Je suis vraiment désolée," dit-elle en posant sa main sur la sienne.

"Ne fais pas ça. Je suis toujours là. Je m'amuse toujours. Et la meilleure partie est," il se pencha vers elle. "Les belles femmes ne me voient pas comme une menace de gros durs quand j'essaye de les attirer dans mon département." Il se pencha en arrière sur sa chaise. "Je bouge dans l'ombre, bébé."

Anytha le regarda et haussa un sourcil.

«Vous étiez un joueur défensif», risquait-elle de faire une supposition.

Il rit joyeusement.

"Offensive. Centre, de temps en temps." Il haussa les épaules. «Ce n'est pas assez bien pour les professionnels, mais on pourrait penser que cela faciliterait au moins un rendez-vous sur le campus. Si j'avais approché une belle dame qui se tenait dans sa boîte aux lettres en ce moment, je pourrais l'inviter dans ma chambre pour boire un verre. Eh bien, Ils n'ont pas couru assez vite non plus. Bien sûr, les quarterbacks et catchers ont eu toute la bonne presse. Nous étions juste "la ligne" qui était censée empêcher le joli quart-arrière de s'écraser.

"Mais l'année dernière à l'école, je suis revenu et au lieu de six pieds six et deux cent soixante livres de muscle de fer, j'ai quatre pieds de selle sans moteur. Alors maintenant, les filles me parlent, mais seulement de la façon dont je ils sont vraiment désolés. "

"Oh je ..." Anytha regarda ses genoux.

"Sauf toi," l'interrompit-elle. «A part le fait que vous vous excusez trop souvent, je ne perçois pas un peu de pitié. C'est rafraîchissant. Et si vous le cachez vraiment bien, ne me le dites pas. Laisse-moi vivre comme ça avec mon fantasme.

Cette fois, il remplit son verre de vin sans faire semblant.

Elle n'a pas semblé remarquer ou se souvenir de sa limite prédéfinie.

"C'est fait, j'ai découvert mon âme. Maintenant, c'est ton tour."

Il sortit une autre bière de la poche de sa chaise et fit à nouveau des paniers parfaits avec le couvercle.

"Hum, je ..." Anytha se tordait de nouveau les mains.

Il prit son verre de vin et referma ses doigts autour du cou de la base pour se donner autre chose à faire.

«Vous a-t-il dit que vous n'étiez pas belle? Demanda doucement Brian.

"Non, il n'a jamais dit ça," dit-elle en secouant la tête.

«Vous a-t-il dit que vous étiez belle?

"MMM pas." Il prit une grosse gorgée de vin.

"Laisse-moi deviner, alors. Il a constamment souligné les défauts. Ai-je raison?"

Elle hocha la tête d'un air boudeur.

«Il m'a dit que j'avais besoin de perdre du poids, et quand j'ai essayé de perdre un peu, il a dit que maintenant mes seins étaient trop petits. Il m'a dit de me couper les cheveux, et quand il l'a fait, il a ridiculisé mon style. Mes vêtements n'étaient jamais parfaits. même celui qu'il a acheté pour moi. Il m'a fait mettre des lentilles de contact colorées parce que mes yeux étaient ennuyeux, mais ensuite il s'est plaint que la couleur était trop artificielle. Il m'a fait porter des talons ridiculement hauts, mais ensuite il s'est mis en colère parce qu'il me disait mal aux pieds. "

Brian attendit patiemment qu'elle commence à se détendre, puis prit sa main et la tint.

«Il t'a aussi dit que tu étais horrible au lit, n'est-ce pas? Elle hocha la tête, mais ne leva pas les yeux.

Après un moment, il tendit sa main libre et prit son menton en coupe, la soulevant.

«Je te jure que rien de tout cela n'est vrai. Eh bien, d'accord, je ne peux pas me porter garant du côté sexe, mais j'ai été avec suffisamment de femmes pour avoir une très bonne idée de ce que tu vas être au lit, tel que tu es. Vous conduisez hors du lit. Et Anytha, vous vous en remettez. Vous devez commencer à vous détendre un peu. "

Elle sourit tristement.

"Alors cette thérapie que tu aimes faire avec les filles. Est-ce juste une activité secondaire ou est-ce que tu en fais beaucoup d'argent?"

Il rit.

«Je récupère mon paiement avec le sourire», dit-il en tendant les bras. «J'aimerais que tu viennes ici et que tu t'assois sur mes genoux pour te faire un câlin.

"Tu es sûr? Je veux dire ..."

«Ils ne sont pas cassés», dit-il en se tapotant les cuisses. "Ils ne font tout simplement rien que je leur dis."

Elle était encore hésitante alors qu'elle se tenait devant sa chaise, mais ensuite il se pencha en avant et la rattrapa sur ses genoux, laissant ses jambes pendre sur un bras de la chaise.

Après juste une petite pause, elle se blottit contre sa poitrine large et dure, enroula ses bras autour de son cou et soupira.

Il enroula ses bras musclés autour d'elle et l'attira encore plus près.

"Je t'aime bien, Brian," dit-elle, bien que sa voix soit étouffée contre sa poitrine.

"Et je t'aime bien," répondit-il. «J'aurais juste aimé avoir l'équipement disponible pour vous prouver que le connard avait tort sur le lit avec tout le reste.

Anytha rit un peu et se demanda aussitôt combien de vin elle avait bu à jeun.

Il lui donna une dernière pression puis, lorsqu'elle s'assit sur ses genoux, il ajouta:

"Et au cas où cela vous intéresserait, la langue fonctionne toujours bien."

Il l'a sorti et l'a proposé comme preuve.

Anytha riait aux éclats maintenant.

Elle s'écarta de ses genoux.

«Je pense que je ferais mieux d'y aller, avant de me mettre plus à boire. Tu me fais sentir comme une écolière excitée!

"Donc, mon plan diabolique et sournois se déroule comme prévu," gloussa-t-il, alors même qu'il repoussait sa chaise pour qu'elle puisse se déplacer sur le canapé.

Elle rassemblait son manteau et ses affaires quand il l'a arrêtée.

"Anytha, puis-je vous convaincre de venir dîner vendredi? Mon frère jumeau sera là. J'aimerais que vous le rencontriez."

Il fouilla sa mémoire ternie de vin.

"Tu as dit que c'était ton jumeau?"

"Oui. Identique. Sauf qu'il n'était pas assez stupide pour monter sur une moto quand il était ivre."

«Hum,» hésita-t-il.

"Pas d'excuses. Tu as déjà avoué que tu n'avais pas de vie."

"Merde. Ok. À quelle heure?"

«Vous pouvez m'aider avec mon e-mail à 6h40, puis mettre des vêtements plus confortables et monter chez moi, disons, à 7h40», dit-il avec un clin d'œil.

Elle a ri.

"7h40 c'est bien".

CHAPITRE 4

Vendredi soir, Anytha a enfilé un pantalon de yoga et un t-shirt surdimensionné.

Des tongs complétaient la tenue.

Devant la porte de la maison de Brian, il s'est arrêté exprès jusqu'à ce que 7h40 apparaisse sur son téléphone portable.

Quand il a frappé, la porte s'est ouverte immédiatement.

Brian avait manifestement attendu que j'appelle à l'intérieur.

Elle a ri et il a ri en lui tendant un verre de vin.

«Venez rencontrer mon frère», dit-il en la conduisant vers le canapé.

C'était une copie de lui, jusqu'au jean noir et à la chemise blanche à col ouvert.

Il s'était déjà levé et avait fait le tour du canapé avec sa main tendue.

"Anytha, c'est John."

« C'est un privilège de rencontrer quiconque est prêt à le supporter, » dit John, lui prenant la main, mais l'amenant ensuite à ses lèvres pour planter un baiser sur sa paume.

"Cela a été très gentil," répondit Anytha.

"Je suis le frère le plus gentil. C'est l'insupportable ennuyeux. Viens t'asseoir," ajouta-t-il en la tirant vers le canapé.

"Puis-je aider avec le dîner?" elle a demandé.

"Il ne vous laissera pas aider", lui assura John, "parce que vous pouviez voir toutes les boîtes d'où sortait sa nourriture" maison "."

"Très drôle," traîna Brian, retournant à la cuisine.

"Alors, je comprends que tu as eu des problèmes avec un ex?" Demanda John.

"Oh, euh ..." Anytha rougit furieusement.

"Brian me l'a dit. Pas de détails, juste ça, voyons, comment a-t-il dit ça?" Le connard a merdé sur son estime de soi. "J'ai proposé de l'aider à battre le crétin. Mais maintenant que je t'ai rencontré, une fessée semble inappropriée. Au moins, nous devons enlever les ongles des pieds et des doigts. "

Brian se retourna et lui tendit une bière.

"Est-ce votre idée d'ouvrir une conversation?" Il fronça les sourcils à son frère.

John haussa simplement les épaules.

"Je ne suis pas très enclin à dire des bêtises sur le temps. De plus, tout ce qu'il fait ici, c'est la pluie. Cela limite la variété des phrases intelligentes."

"Vraiment les gars, j'essaie juste de vivre ma vie. Personne n'a besoin d'être frappé", intervint Anytha.

"C'est une question d'opinion," dit Brian en regardant son frère.

"Je t'aime aussi, mon frère," hurla John quand Brian retourna dans la cuisine.

Il regarda Anytha.

"Il m'aime," dit-elle avec un clin d'œil.

"As-tu joué au football aussi?" Anytha a demandé, essayant de diriger la conversation dans le territoire neutre.

"Quelques années, mais cela prend beaucoup de temps et j'ai pensé qu'il valait mieux se concentrer sur une carrière plus ... réaliste."

"Très bien les gars," appela Brian. "L'heure du dîner."

John se leva et lui prit la main, la tirant vers la table de la salle à manger dans le coin de la pièce près des fenêtres.

C'était la première fois que je remarquais la table magnifiquement dressée.

Brian allumait des bougies au centre de la table.

Dehors, les lumières de la ville ont commencé à s'allumer alors que le ciel s'assombrissait.

Brian a pris une télécommande.

"Jazz, pop ou rock?" Je lui demande.

«Je suis sérieusement mal habillée,» dit-elle, plantant ses pieds contre la traction de la main de John.

«Nonsense», s'exclama John. "Nous mangeons normalement des nus."

«Alors tu es trop habillé», dit Brian.

Il appuya sur un bouton de la télécommande et du soft jazz envahit la pièce.

Il tira une chaise pour qu'elle fasse face aux fenêtres et la main douce mais insistante de John sur son dos la fit asseoir contre son meilleur jugement.

Quand ils furent tous les deux convaincus qu'elle n'allait pas s'enfuir, ils allèrent à la cuisine et apportèrent rapidement la nourriture sur la table.

Puis les frères se sont installés à chaque extrémité de la petite table et ont procédé à en faire le centre d'attention tout au long du repas.

Ils avaient une capacité incroyable de lui renvoyer la conversation, chaque fois qu'il pensait les avoir redirigés vers un autre sujet.

Ils se sont également joints à boire avec elle deux fois, et l'un a rempli son verre quand elle a répondu à une question de l'autre.

Il découvrit bientôt que ses prétendus arguments contraires n'étaient rien de plus qu'un déguisement de son lien profond.

Quand tout le monde a finalement fini la table, emballé à ras bord, Anytha a proposé de laver la vaisselle.

"Ne pas!" Dit Brian, sautant catégoriquement comme ça.

"Ecoute," lui dit John, "tu as les boîtes à dîner cachées dans le lave-vaisselle. Je savais qu'elles étaient cachées quelque part."

"Je veux juste que nous allions tous sur le canapé et que nous continuions cette belle conversation," argumenta Brian.

"Mais..."

"Ma maison, mes règles. Les plats sales restent jusqu'à ce qu'ils soient complètement mûrs. Allez.".

CHAPITRE 5

Il roula à une extrémité du canapé pour que John se déplace à l'autre extrémité du canapé, laissant le centre à Anytha.

Elle soupira et prit son verre de vin à travers la pièce.

Dès qu'il s'est assis, Brian a rempli son verre de la bouteille qu'il avait mise dans la poche de sa chaise.

Une fois que cela fut fait, Brian la surprit, utilisant la force de son haut du corps pour se lever de sa chaise et s'asseoir sur le canapé.

Une fois là-bas, il se retourna et appuya son dos contre son bras, leva sa jambe droite sur les coussins et fit signe à Anytha, caressant le canapé devant ses genoux.

"Asseyez-vous ici. Il est temps pour un massage du cou."

«Et ensuite, vous pourrez tout nous raconter ce voyage dont vous avez parlé avant de vous rendre en Italie», a déclaré John.

Il se tourna partiellement sur le canapé pour la regarder, appuyé contre son autre bras presque comme une image miroir de Brian.

Anytha a pris une grande gorgée de vin, puis a cherché un endroit pour mettre le verre.

John l'enleva et le posa sur la table derrière lui.

Se sentant totalement mal à l'aise, elle se remit en position, puis sentit les mains de Brian sur sa taille la rapprocher.

Elle a enlevé ses tongs et a commencé à croiser les jambes, mais ensuite John a mis ses pieds sur ses genoux.

Ses mains fortes commencèrent à frotter ses arcades sur son dos alors même que Brian allait travailler sur son cou et ses épaules.

Anytha tendit la main pour mieux se préparer et Brian plaça volontiers ses mains sur ses cuisses.

Elle s'étonnait qu'il ne soit pas du tout mal à l'aise.

Anytha soupira.

"Si vous continuez comme ça, je ne me souviendrai de rien du voyage en Italie."

"Alors ne le fais pas," dit doucement Brian derrière elle. "Fermez simplement les yeux et profitez-en."

Les mains de Brian remontaient le long de son dos, ses pouces travaillant les muscles le long de sa colonne vertébrale alors que ses doigts trouvaient tous les muscles et les détendaient.

Pendant ce temps, quelque chose que John faisait à ses pieds sembla lui tirer directement dans le ventre, répandant une délicieuse chaleur.

Quand Brian atteignit le bas de son dos, elle gémissait de plaisir.

Quand il atteignit son coccyx, elle se cambra avec délice et rejeta la tête en arrière avec un long et étiré « Ahhhh ».

Brian et John ont échangé une communication silencieuse.

Les mains de Brian ont commencé à grimper sur ses flancs, sous son haut, et John a tendu la main pour frotter ses mollets.

Anytha ne réagit pas lorsque les mains de Brian atteignirent la peau nue de son pantalon de yoga.

Elle a juste continué à fredonner de plaisir.

Lorsque Brian atteignit le bas de son soutien-gorge, il glissa ses doigts sous la sangle arrière et se pencha en avant.

"Anytha, tu veux ça?"

Presque à contrecœur, il baissa la tête pour rencontrer les yeux de John.

«Dites oui», la persuada-t-il.

Ses mains s'étaient arrêtées de bouger, attendant sa réponse.

Le ventre d'Anytha se tordit, se réveillant d'un long sommeil.

Et les yeux de John sur les siens étaient si chaleureux, sérieux et gentils.

Elle ferma les yeux, approuvant.

Elle était agréablement optimiste, pas ivre.

Lentement, elle rouvrit les yeux et John était toujours là, attendant patiemment.

Elle acquiesça.

"Tu dois le dire, Anytha," insista doucement Brian.

"Dites ce que vous voulez de nous," ajouta John, "de nous deux."

Elle avala sa salive.

"Je veux que tu me fasses l'amour".

"Nous deux."

La réponse de John était une déclaration, pas une question, mais elle a répondu, de toute façon.

"Oui."

Elle hocha la tête avec empressement, et instantanément, son soutien-gorge se relâcha et les mains de Brian étaient sur le bord de sa chemise, la soulevant lentement, la savourant.

"Lève les bras, Anytha," lui ordonna-t-il, et elle le fit, se penchant en arrière pour qu'il puisse l'atteindre et la libérer.

Avant qu'elle n'abaisse à nouveau ses bras, John s'était déplacé entre ses jambes.

Ses doigts tenaient les bretelles de son soutien-gorge, tirant vers le bas et vers l'avant.

Au moment où il relâcha ses bras, elle se pencha, croisant les bras sur sa poitrine, essayant de se souvenir si elle était dans sa phase de petits seins ou si tout le reste était trop gros.

John saisit fermement ses poignets et tira sévèrement, mais doucement, ses bras, poussant ses mains vers le canapé.

« Tu es belle à tous points de vue, Anytha.

Son visage se rapprocha du sien et ses lèvres effleurèrent le bout de son nez, puis ses lèvres.

Les mains de Brian se tournèrent pour prendre ses seins, et quand John se recula un peu, Brian utilisa ces mains pour la blottir contre sa poitrine.

Les lèvres de John étaient donc sur son mamelon droit, suçant avidement et léchant.

Les doigts de Brian tirèrent et pincèrent son mamelon gauche.

Son dos se cambra et sa tête tomba sur l'épaule de Brian.

Ses doux baisers se posèrent comme de la pluie sur son cou et son épaule, ses dents grignotant doucement le lobe de son oreille.

Le contraste du toucher doux des lèvres de Brian et de son assaut avide sur ses seins était presque insupportable.

Elle se tortilla, inquiète qu'elle pourrait blesser Brian, mais il la tenait et riait même quand elle gémissait à haute voix.

Quand il pensa qu'il ne pouvait pas le supporter un instant de plus, John se pencha en arrière et ses doigts s'enfoncèrent dans la large ceinture de son pantalon.

Il s'arrêta là, sans bouger, et elle leva la tête pour trouver ses yeux sur elle, attendant apparemment la permission.

Elle hocha la tête, et immédiatement, il abaissa son pantalon élastique et l'enleva de ses jambes.

"Très beau," souffla Brian dans son oreille.

« Attendez, » dit John. "Ça va encore mieux."

Il enroula ses doigts dans sa culotte et attendit à nouveau la permission.

Anytha tremblait d'anticipation lorsqu'elle acquiesça.

John fut beaucoup plus lent cette fois, dévoilant son monticule, puis les lèvres de sa chatte avec un soin si atroce qu'il eut envie de hurler de frustration.

Il a dû le remarquer car il a ri en retirant sa culotte du reste du chemin.

Avant que ses pieds puissent atterrir à nouveau sur le canapé, ses jambes ont été jetées sur les épaules de John et il était déjà dans sa chatte.

Sa langue écarta ses lèvres.

"Hé," protesta Brian, "c'est mon travail."

"Je veux juste essayer," lui assura John, ses lèvres murmurant contre les siennes.

Puis sa langue s'enfonça profondément, la léchant et elle haleta et se tordit jusqu'à ce qu'il tende la main pour attraper ses hanches.

Quand il se recula enfin, il se lécha les lèvres et regarda Brian.

"Mon Dieu, elle est tellement mouillée. Cette fille a été trop longtemps sans une bonne baise."

"Bon sang, laisse-moi mon tour," marmonna Brian.

"Tout à toi," acquiesça joyeusement John, et soudain, ses deux pieds étaient au sol.

Le bras fort de John l'avait autour de la taille, la soulevant et la tordant comme si elle ne pesait rien, puis elle s'installa sur ses genoux, sentant son érection contre ses fesses et ses mains masser et caresser ses seins.

Pendant ce temps, Brian s'était déjà positionné pour un assaut frontal complet sur sa chatte.

Il lécha ses lèvres extérieures de façon moqueuse, puis commença à faire courir sa langue de haut en bas entre elles, parfois avec une légère touche sur le clitoris qui la faisait haleter et sourire.

Elle réalisa qu'il savait exactement ce qu'elle lui faisait.

Elle soupçonnait également qu'il attendait qu'elle en redemande.

"S'il te plaît Brian. Tu me tortures ici." Elle se tortilla pour insister.

"Plus difficile, plus rapide ou plus profond?" demanda-t-il avec un large sourire.

« Tout ce qui précède », gémit-il.

Elle vit ses yeux se déplacer vers ceux de John, et les mains de son frère quittèrent soudainement ses seins pour saisir ses cuisses juste au-dessus de ses genoux.

Il les séparait, l'exposant complètement à la langue d'éclaireur de Brian.

Juste au moment où Anytha commençait à avoir vaguement honte d'être si exposée, Brian enfonça sa langue en elle et l'intensité de sa langue chaude et vivante dans sa chatte serrée, désireuse et inutilisée essuya tout le reste de son esprit.

Elle tourna la tête contre John.

Le coin de son cou et de son épaule, soudain à portée de main, enfonça avec empressement ses lèvres puis ses dents dans sa peau fiévreuse.

Elle a commencé à alterner entre des gémissements bruyants et des blasphèmes.

Brian est passé de sa chatte à son clitoris et a commencé à sucer et à se branler avec sa langue agile.

Ce ne fut que quelques instants avant qu'il n'étouffe un sanglot étranglé et se précipite contre la forte emprise de John et la langue persistante de Brian.

Juste au moment où elle commençait à redescendre de l'orgasme explosif, Brian plongea un doigt dans sa chatte et commença à travailler son point G jusqu'à ce qu'il explose à nouveau.

Son dos se cambra presque douloureusement.

Elle n'était jamais venue deux fois de suite auparavant, et elle était à peu près sûre qu'elle allait fondre dans une flaque d'eau quand Brian se dégagea enfin et John relâcha ses jambes et tourna la tête pour l'embrasser doucement, berçant sa joue dans sa grosse main.

Lorsqu'il la libéra finalement du baiser, elle regarda autour d'elle pour se rendre compte que Brian était revenu dans son fauteuil roulant. "

«Assez de préliminaires», dit-il. "Dans la chambre".

CHAPITRE 6

Anytha voulait dire que, si c'était un prélude, elle n'était pas sûre de pouvoir survivre à l'acte sexuel, mais elle se retrouva coincée dans les bras de John et portée derrière la chaise de Brian.

Lorsqu'il la fit asseoir sur le bord du lit, elle découvrit que lui aussi avait réussi à lui apporter du vin.

Il l'a remis avec un clin d'œil.

"Vous en aurez besoin pour gagner en force", a déclaré John.

"Nous avons l'intention d'être impitoyables", a ajouté Brian, qui se déshabillait déjà.

Elle le regarda avec étonnement alors qu'il enlevait facilement ses vêtements et se penchait ensuite sur le lit.

Il a également remarqué que le lit avait déjà été préparé.

Étaient-ils si sûrs de la séduire ou si pleins d'espoir?

Elle regarda Brian d'un air penaud alors qu'il s'appuyait contre un oreiller à la tête du lit.

«Est-ce que je peux faire quelque chose pour vous? elle a demandé.

Il n'était pas difficile de voir que sa bite était un peu enflée, sinon dure.

Il sourit doucement et secoua la tête.

«Je ne pourrais pas le sentir si tu le faisais. Tu peux mieux me plaire en l'appréciant.

"Oh, après tout ce que tu as fait, je ne pense plus pouvoir venir ..."

«Je ne prends pas non pour réponse,» dit John, rampant derrière elle et mordillant son épaule.

Elle rit au chatouillement de ses dents.

"Alors, que puis-je faire pour toi? Tu veux que je te suce? Je ne suis pas très bon, mais ..."

"Laisse-moi deviner. Ton ex-idiot t'a dit ça," dit Brian en grognant pratiquement.

"Euh ..."

"Je ne veux pas risquer de venir trop tôt," l'interrompit John. «J'imagine que je peux vous faire venir au moins deux fois de plus. Trois si je veux.

"Tu vas devoir lui laisser du temps," prévint Brian. "Elle est aussi serrée que le gars du chant de Noël."

"Bien," admit John. "Vous l'avez prêt et je vous laisserai me montrer à quel point ce n'est pas horrible."

"JE..."

"Shhhh. Bébé."

John porta le verre de vin à ses lèvres jusqu'à ce qu'il prenne plusieurs gorgées, puis tendit la main et le posa sur la table de chevet.

Il a tapoté le lit.

«Mains et genoux. Vous montrez votre con ludique où M. Brian peut aller travailler dessus.

Anytha étouffa un autre rire, se sentant un peu ridicule alors qu'elle essayait de se positionner avec sa chatte à la portée de Brian.

Il l'aida à suivre, la rapprochant jusqu'à ce que ses pieds reposent contre la tête de lit sur laquelle il était appuyé.

Quand il fut satisfait, il fit un signe de tête à John, qui s'installa devant Anytha pour qu'elle puisse se pencher et prendre sa très grosse et très dure érection dans sa bouche.

Son sexe était proportionnel à ses épaules et à sa poitrine, plus gros que tout ce qu'il avait jamais vu auparavant, mais elle était déterminée à lui plaire, à lui redonner du plaisir.

"Fais-le," dit-il avec un sourire encourageant, se penchant, jetant ses bras en arrière.

Anytha lécha doucement et taquina la tête de sa queue, puis la chassa avec sa langue.

Alors que John a utilisé une main autour de la base pour la provoquer en retour.

Quand elle l'a finalement capturé dans sa bouche, elle a été récompensée par un soupir satisfait de John et un doigt soudain dans la chatte de Brian.

Elle essaya de se concentrer sur la succion et le léchage de John, mais c'était très déconcertant d'avoir le long et épais doigt de Brian explorant librement ses entrailles.

Quand il a commencé à frotter la paroi avant de son vagin, c'était comme une mini explosion de plaisir.

Elle grogna de surprise, ce qui semblait plaire à John.

Il fléchit ses hanches pour pousser un peu plus profondément dans sa bouche et tourna la tête en arrière.

Anytha venait juste de commencer à s'installer dans un rythme de pompage de haut en bas du membre de John quand elle sentit un deuxième doigt pénétrer sa chatte.

Puis ils ont tous deux exploré partout, cherchant occasionnellement son point G, ou pompant dedans et dehors, mais elle a commencé à soupçonner qu'il essayait d'éviter de la conduire à l'orgasme; gardant ça pour son frère.

Il ne pouvait pas croire que la pression montait dans son ventre.

Qu'elle pourrait peut-être être si excitée à nouveau, mais elle se retrouva à pousser contre ses doigts, cherchant encore plus de stimulation.

Finalement, il lui gifla la joue de manière ludique.

"Je suis le médecin, ici. Et je dis quand."

Anytha gémit et John haleta, se libérant de sa bouche.

"Merde, femme! Si ton ex t'avait fait gémir comme ça, il ne se serait certainement pas plaint que tu lui suçais la bite." Il tomba dramatiquement sur le lit. "Je vais peut-être devoir prendre une douche froide."

"Mec," dit Brian, glissant un troisième doigt vers Anytha.

Elle haleta et il la calma.

"Donnez-lui une minute. Votre ex a dû être fragile aussi, en plus de tout le reste. Respire, chérie."

Il a commencé à frotter son coccyx, ce que son massage précédent avait indiqué était l'une de ses zones érogènes.

Quand il commença à sentir sa chatte s'accrocher à ses doigts, essayant de les tirer plus profondément, il fit un signe de tête à John.

"Elle est prête pour toi. Mais vas-y doucement."

Il tira lentement ses doigts, et elle les sentit la soulever et la tourner à nouveau comme si elle n'avait aucun poids.

C'était comme si un énorme trou vide était soudainement apparu dans son ventre, et sa respiration se faisait par des halètements inégaux.

Toujours sur ses mains et ses genoux, mais maintenant devant Brian, elle sentit John presser l'entrée de sa chatte.

Elle se recula, malgré la douleur alors qu'il l'étirait davantage, désespéré de combler le vide.

Soudain, John la saisit par les hanches et la traîna le reste du chemin jusqu'à la tête de sa queue.

Anytha prit une profonde inspiration et retint sa respiration.

Elle leva la tête.

Brian regardait John avec des yeux plissés.

Puis il regarda Anytha avec inquiétude.

"Respire, chérie. Entre et sort."

"J'ai compris cela," dit John, apparemment pour rassurer Brian. "Quoi qu'il en soit, je ne bougerai pas tant que tu ne seras pas prêt. D'accord? Dis-moi juste."

Cependant, il pensa le sentir trembler sous l'effort de rester immobile.

Mais alors, aussi soudainement que la douleur était venue, elle a disparu et le besoin désespéré de combler le vide était revenu.

Anytha repoussa aussi fort qu'elle put, mais elle sentit John reculer, alarmé.

"Anytha, non! Vas-y doucement. Je ne veux pas te déchirer."

Elle essaya à nouveau, et il recula à nouveau, sa prise sur ses hanches poussant maintenant au lieu de tirer.

"Lent, chérie," l'avertit Brian, tendant la main pour la pousser en avant.

Anytha secoua la tête de frustration.

«J'ai besoin que tu me remplisses. Je suis vide depuis si longtemps. S'il te plaît, John!

Son emprise sur ses hanches se resserra.

"D'accord. Je vais à toi. Laisse-moi définir le rythme, d'accord? Je vais pousser un peu plus, puis reculer. Je le ferai plusieurs fois pour répandre ton jus, puis le remplir. Je le promets. D'accord?

Brian lui attrapait les bras maintenant.

"Anytha," dit-il, essayant d'attirer son attention.

Elle a cherché.

La sueur humidifiait ses cheveux et les tordait en boucles.

«Sa grosse bite est presque aussi grosse que son ego. Il sait comment bien faire ça. Laisse-moi prendre soin de toi.

Elle hocha la tête, se préparant à son propre besoin.

John poussa un pouce, puis glissa facilement en arrière, ne laissant que sa tête à l'intérieur.

Son jus se répandait, couvrant son membre.

Il a fallu quelques centimètres de plus pour entrer et sortir.

Puis il poussa lentement jusqu'à ce qu'il atteigne la fin.

Anytha poussa un profond soupir.

Elle ne s'était jamais sentie aussi rassasiée et satisfaite.

Il a commencé à entrer et à sortir, lentement au début, et à gagner une fraction de pouce de profondeur à chaque fois.

Chaque fois que j'arrivais à la fin, ce sentiment magique d'être plein et complet revenait.

Et cela devenait de plus en plus fort et la pression explosive qui s'était accumulée sur elle remontait à la surface.

Et puis il était complètement à l'intérieur, ses couilles appuyées contre son clitoris, sa respiration était aussi irrégulière que la sienne.

Anytha regarda Brian dans les yeux et il acquiesça et relâcha ses bras.

Anytha repoussa John, même s'il n'y avait plus de bite à prendre.

Elle regarda Brian puis ajusta ses mains sur ses hanches.

Il se retira lentement puis s'écrasa sur elle, alors même qu'elle se recula pour le rencontrer.

Puis ils bougèrent en concert et Anytha haleta à chaque fois que ses couilles frappaient son clitoris.

John avait du mal à contenir son orgasme alors même qu'elle luttait pour libérer le sien.

Ses yeux étaient fermés, ses sens complètement enveloppés de ce qui se passait dans son ventre.

Soudain, Anytha remarqua les doigts puissants de Brian.

Deux massaient de chaque côté de son clitoris, au rythme du mouvement des coups de John.

Les doigts de son autre main pressaient et frottaient les fossettes à côté de son coccyx.

Comme si une connexion de circuit électrique avait été établie, tout a explosé à la fois en son sein.

Il tomba face contre terre sur le lit et hurla sur le matelas alors qu'une vague d'orgasmes traversait son propre être.

Elle était vaguement consciente du rythme chancelant de John quand il est venu aussi, mais ensuite il pompait à nouveau contre elle, tenant ses hanches contre ses poussées, essayant de prolonger son orgasme.

CHAPITRE 7

Anytha s'est réveillé le matin, recroquevillé entre les deux hommes et se sentant plus rassasié que jamais.

Son bras était autour de l'homme en face d'elle et elle était totalement gênée de se rendre compte qu'elle ne savait pas si c'était Brian ou John.

Ce n'est que lorsque l'homme derrière elle s'est déplacé et a blotti ses genoux contre les siens qu'elle pouvait en être sûre.

Elle sourit joyeusement en décidant que c'était un merveilleux dilemme.

Quand tout le monde est finalement sorti du lit un peu plus tard et qu'Anytha s'est habillée et s'est préparée à retourner dans son propre appartement, Brian a déclaré:

"Tu sais, nous pouvons dîner ensemble tous les vendredis soirs. Si ça t'intéresse."

«C'est une promesse», dit-il en tournant la poignée de la porte et en rebondissant sur son passage.

FIN

65